INSTITUT DE FRANCE.

ÉLOGE HISTORIQUE D'EUGÈNE BELGRAND

PAR

J. BERTRAND
SECRÉTAIRE PERPÉTUEL

Lu dans la séance publique du 1er mars 1880.

PARIS
TYPOGRAPHIE DE FIRMIN-DIDOT ET Cie
IMPRIMEURS DE L'INSTITUT DE FRANCE, RUE JACOB, 56

M DCCC LXXX

[illegible]

[illegible]

[illegible]

[illegible]

[illegible]

[illegible]

[illegible]

[illegible]

INSTITUT DE FRANCE.

ÉLOGE HISTORIQUE

D'EUGÈNE BELGRAND

PAR

J. BERTRAND

SECRÉTAIRE PERPÉTUEL

Lu dans la séance publique du 1er mars 1880.

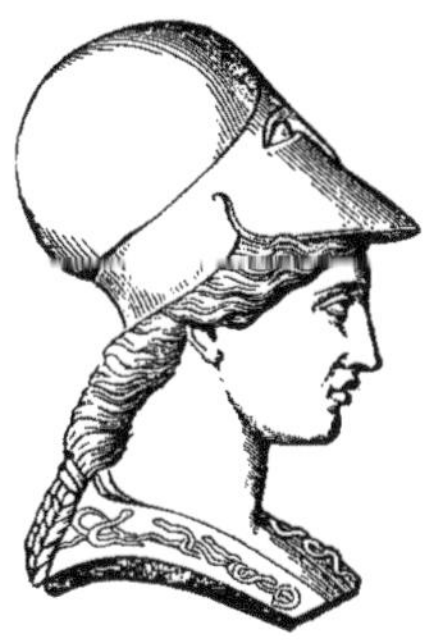

PARIS

TYPOGRAPHIE DE FIRMIN-DIDOT ET Cie

IMPRIMEURS DE L'INSTITUT DE FRANCE, RUE JACOB, 56

M DCCC LXXX

INSTITUT DE FRANCE.

ÉLOGE HISTORIQUE

D'EUGÈNE BELGRAND

PAR

J. BERTRAND

SECRÉTAIRE PERPÉTUEL

Lu dans la séance publique du 1er mars 1880.

Messieurs,

La mort nous moissonne plus rapidement qu'autrefois, car si, depuis l'année 1666, les progrès de la science ont rendu nécessaire de tripler au moins le nombre des académiciens, ils n'ont pas accru dans la même proportion la durée de la vie humaine. Chaque secrétaire perpétuel, quel que soit son zèle, lègue à son successeur un arriéré toujours croissant d'éloges qu'il n'a pu prononcer, et nous éprouvons chaque année, pour choisir entre tant de noms dont la mémoire nous est chère, un véritable et pénible embarras. Combien j'aimerais, par exemple, à vous parler de Poinsot, qu'entre tant d'esprits supérieurs, si heureusement rencontrés sur ma route, j'ai plus qu'aucun autre peut-être connu et aimé !

De Charles Sturm, l'excellent géomètre, qu'un juge éminent, associé souvent à ses travaux, a pu comparer à Lagrange pour l'élégance de ses découvertes mathématiques, à Ampère pour la bonté naïve de son cœur !

De Cauchy, dont le nom, illustre dès sa jeunesse, grandit chaque jour encore chez tous les lecteurs de ses œuvres classiques à la fois et introuvables !

De Léon Foucault, cet ingénieux et brillant esprit, qu'aucun maître n'a formé et dont les fruits spontanés ont instruit tant de savants, dont la lumière a éclairé tant d'inventeurs !

D'Arago, enfin, si souvent applaudi dans cette enceinte, où sa grande voix conserve trop d'admirateurs pour qu'il soit nécessaire de renouveler un souvenir dont un quart de siècle n'a ni affaibli la vivacité ni terni l'éclat !

La grandeur de ces noms semble imposer un choix immédiat ou prochain ; elle éveille cependant un scrupule : la liste des confrères auxquels reste dû ce tribut de louanges et de regrets, dans la division des sciences mathématiques seulement, présente aujourd'hui soixante-douze noms, en tête desquels figure Napoléon Bonaparte, membre de la section de mécanique. Inégaux par l'éclat comme par la durée de leur œuvre, ils ont ici des droits pareils, et si, cédant à un attrait bien naturel, nous choisissions chaque année la renommée la plus retentissante et la plus haute, quelle place réserverions-nous pour les deuils nouveaux qui nous frappent? Devons-nous renoncer à la tradition, maintenue pendant plus d'un siècle, d'évoquer, dans chaque réunion solennelle, le souvenir de nos pertes les plus récentes? J'ai voulu me rapprocher de cette pieuse coutume en rendant un dernier hommage à la mémoire d'Eugène Belgrand.

M. Belgrand, comme un grand nombre de nos confrères, appartenait à l'École polytechnique. Après de bonnes études commencées au collège de Chaumont et terminées à Paris, il n'acheta le succès de ses examens par aucun sacrifice intellectuel. Poussant jusqu'au superflu la culture des lettres, il composait facilement des vers agréables; il aimait la musique, et avait fait assez de progrès dans les arts du dessin pour inquiéter sa famille; renonçant, par déférence pour sa mère, à une carrière vers laquelle ses inclinations se seraient volontiers tournées, il sacrifia la peinture à la science sans la délaisser jamais. Belgrand savait se partager et tout concilier; rien n'est plus aisé, comme on sait, quand on est doué comme lui et qu'on connaît le prix du temps. Sans fatigue et sans contention pénible, sans faire violence à aucun de ses goûts, il fut admis à son premier concours, et, libre par son rang de choisir sa carrière, il préféra celle des ponts et chaussées.

Comme il le fit partout et toujours, Belgrand, pendant son séjour à l'école, sut, en s'acquittant de tous ses devoirs, obtenir l'affection et mériter la confiance de tous. Ses maîtres estimaient la justesse de son esprit, ses camarades aimaient la droiture de son cœur. L'un d'eux, pendant une longue absence, appelait les lettres de Belgrand le pain de l'amitié; sa sensibilité, exaltée et déçue par l'impétuosité de la jeunesse, se trouvait loin de son ami sans Mentor et sans guide: « Il y a, mon cher Belgrand, » lui écrivait-il, « une

Capoue où je me suis énervé, une neige sur laquelle je me suis endormi, et tu n'étais pas là pour éloigner ma barque et diriger ma voile ! »

La géologie, qui devait jouer un si grand rôle dans la carrière de Belgrand, n'occupait alors aucune place dans l'enseignement de l'École des ponts et chaussées. Un des anciens de Belgrand, constructeur excellent de travaux justement admirés, ne connaissait, disait-il, que deux sortes de terrains : ceux qui tiennent et ceux qui ne tiennent pas ; docile aux mêmes leçons, Belgrand, à la sortie de l'école, croyait cette classification suffisante pour un ingénieur. L'avertissement imprévu et rapide de ce maître irrégulier qu'on nomme le hasard vint bientôt démentir cette fausse opinion. Pendant sa première mission d'élève, il eut à surveiller la construction d'un pont sur la Brenne ; le débouché, calculé par ses chefs et régulièrement approuvé par le conseil des ponts et chaussées, devait, d'après les formules acceptées, suffire à l'écoulement des plus grandes eaux. Pendant la durée des travaux, un violent orage, changeant la rivière en torrent, l'éleva tout à coup de plus d'un mètre au-dessus du parapet inachevé. Les constructions résistèrent, mais la règle était convaincue d'erreur.

On avait assorti l'ouverture du pont à la forme et aux dimensions de la vallée sans tenir compte de la nature géologique du sol. Certains terrains, cependant, absorbent l'eau et semblent la boire, d'autres la laissent ruisseler sans en rien retenir. La pluie arrose les premiers sans grossir directement les cours d'eau, qui, dans les seconds, au contraire, la reçoivent rapidement presque tout entière. Cette distinction éveilla la curiosité attentive de Belgrand; il prit part à la déception en bon camarade, et profita de la leçon en écolier qui s'apprête à devenir maître. Vauban, découragé par la variété des mérites nécessaires à un ingénieur, s'écriait un jour : « Pas d'ingénieur parfait! « Belgrand savait comme lui qu'il faut être à la fois charpentier, maçon, architecte, géomètre et peintre, et surtout avoir bon cœur, bon esprit et une longue expérience : il n'hésita pas à y ajouter la nécessité d'être géologue. « Un ingénieur, » dit-il en racontant sa mésaventure, « doit être non-seulement géomètre, mais géologue »; idée bien simple, aujourd'hui commune, alors hardie et nouvelle.

La mission de Belgrand au pont de la Brenne était un apprentissage et une épreuve; envoyé comme ingénieur de troisième classe à Clermont, il y porta pour la première fois la responsabilité d'un service, mais l'admirable réseau de nos routes fait honneur au corps qui le construit et l'entretient, sans qu'aucun des collaborateurs, dans son dévouement, réclame pour sa part rien au-delà du titre si justement honoré et accessible alors par une voie grande et large, mais unique, d'ingénieur au corps des ponts et chaussées.

La Chambre des députés fut dissoute. On invita les électeurs à produire, dans la cote de leurs contributions, la mesure de leurs droits politiques. Lorsque, bien jeune encore, Belgrand avait perdu son père, on n'avait fait dans sa famille aucun partage. Son patrimoine et celui de ses cinq frères, réunis à la fortune de leur mère, étaient administrés par elle seule. Belgrand la pria de détacher en son nom une part suffisante pour faire de lui un électeur. Mme Belgrand, pour simplifier une formalité à ses yeux indifférente, fit transporter la cote entière de la famille au nom de son fils aîné, qui, non-seulement devint électeur, mais eût occupé, si son âge l'eût permis, un des premiers rangs sur la liste des éligibles. Sans se piquer de jouer un rôle et sans désir de paraître, Belgrand suivit avec une tranquille curiosité les promesses, les intrigues et les ambitions dont la loi le faisait juge; il vota le mieux qu'il put, et, vainqueur ou vaincu (je l'ignore), reprit ses études et ses travaux.

Les listes électorales, alors curieusement commentées, accrurent auprès du préfet, comme il était juste, le crédit du jeune ingénieur, mais aussi son importance aux yeux des mères de famille. Belgrand avait le cœur élevé, l'esprit gai, l'humeur aimable et ouverte. Quelques ridicules, observés avec clairvoyance, ne le rendirent ni satirique ni chagrin ; mais quand, un an après, il quitta la résidence de Clermont pour celle de Montbard, ce fut sans regretter aucun de ceux dont la politesse s'était brusquement transformée en prévenances, et l'indifférence en admiration gênante pour les mérites qu'il avait réellement.

Un grand chagrin l'attendait à Montbard : la santé du second de ses frères exigea le climat de l'Italie; Belgrand prit un congé et accompagna son cher malade à Florence, puis à Rome, où il le vit mourir. Curieux de l'antiquité et incapable d'oublier ses études, même pendant ce triste voyage, il rechercha dans les textes, judicieusement conférés avec les vestiges et les ruines, la savante architecture des eaux de l'ancienne Rome, en puisant dans ce grand exemple la conviction, défendue plus tard avec tant d'autorité et de succès, qu'on doit, pour les grandes villes, chercher, même au loin et à tout prix, des eaux abondantes et pures.

Par une heureuse rencontre, les eaux de Clermont, déjà, lui avaient montré un modèle admirable et depuis longtemps célèbre; c'est ainsi que le hasard, qui le favorisa toujours, et que toujours il sut mettre à profit, semblait éveiller ses inclinations naturelles et l'aider à les suivre.

Belgrand avait appris, au pont de la Brenne, les avantages qu'un ingénieur peut tirer des connaissances géologiques. Autour de Montbard, les terrains tourmentés et complexes lui offrirent, pour s'avancer dans cette étude, de fréquentes occasions de fatigue et de plaisir; nommé ingénieur à Avallon, au centre même de ces antiques perturbations du sol, il eut le loisir de les contempler, et s'appliqua à les comprendre. Une idée nouvelle, quand elle est juste, est souvent féconde. Rendu attentif au discernement des terrains perméables et imperméables, il prit soin d'en rattacher les qualités agricoles à des règles distinctes et précises. Sa carte géologique et agronomique de l'arrondissement d'Avallon est le premier essai de ce rapprochement aujourd'hui accepté de tous; la pratique, on le devine, avait devancé la théorie; les savants ignoraient la règle, quoique simple; les ignorants la mettaient en pratique, et Belgrand put la deviner par l'observation des faits enchaînés désormais et éclairés par la théorie.

Les terrains imperméables, lias, granit, craie inférieure ou argile, sont sillonnés par de nombreuses vallées au fond de chacune desquelles coule un ruisseau; ils sont couverts de forêts, et les prairies naturelles peuvent s'y étendre jusqu'au sommet des montagnes. Les terrains oolithiques, au contraire, sont très perméables; ils abondent en sources intarissables dans des vallées presque toujours sèches même après la pluie; les prairies n'y existent qu'au voisinage des cours d'eau, toujours peu nombreux; les terres, quoique fertiles, y sont d'aspect triste et monotone. Ces remarques étaient pour Belgrand plus qu'un délassement; dans le dessein, qu'il se proposa toujours, de rendre la science efficace et pratique, il voulut les tourner à l'avantage de tous en procurant aux campagnes de nouvelles ressources, à l'industrie de nouvelles forces. Les eaux perdues ou nuisibles dans leur dispersion, pourraient, par leur réunion, devenir actives et fécondes et enrichir à jamais le pays. Sans espérer la réalisation prochaine de ses idées, il croyait qu'il n'est jamais trop tôt pour étudier un projet utile.

Chasseur très habile, il rattachait l'abondance et la qualité du gibier à la nature du sol qui le nourrit; dans les terrains granitiques, par exemple, les lièvres sont détestables; ils ne paraissent pas pour cela s'y déplaire. Des influences analogues s'exercent sur les poissons : les saumons, par exemple, remontent la Seine sans pénétrer dans l'Eure, l'Oise, la Marne ou le Loing; ils la quittent à Montereau pour entrer dans l'Yonne, passent devant la Vanne, l'Armançon et le Serein, pour gagner la Cure, choisissant ainsi, avec une subtilité qui n'est jamais en défaut, le plus court chemin pour atteindre les terrains granitiques où ils se plaisent.

Un travail important vint stimuler Belgrand, et, sans interrompre ses études théoriques, révéler son génie pratique. L'eau était rare à Avallon, une source existait à huit kilomètres de la ville : Belgrand fut chargé de l'y conduire sans dépasser, dans le devis, le crédit disponible qui était fort étroit. Un ruisseau, suspendu à quatre-vingt-huit mètres de hauteur sur la charmante vallée de Cousin, aurait fourni au jeune ingénieur un succès brillant et facile, mais ruineux pour les finances de la ville ; il proposa modestement un siphon, c'est-à-dire un tuyau qui, posé sur le sol et en suivant les ondulations, dirige l'eau vers le fond de la vallée, pour la faire remonter par une route nécessaire et forcée. Les Romains, si habiles dans la conduite des eaux, employaient rarement une méthode aussi simple, non qu'ils voulussent sans doute étaler une magnificence inutile, mais leurs tuyaux rudes et imparfaits, fabriqués avec un plomb impur et cassant, ne pouvaient s'emboîter avec justesse ni supporter une forte pression. On étire aujourd'hui, en cylindres réguliers, un plomb homogène et pur, et l'on sait, avec plus d'avantage encore, fabriquer et ajuster des tuyaux de fonte de toute dimension.

Mis à l'étroit par la plus stricte économie, Belgrand, artiste en même temps qu'ingénieur, mais ingénieur surtout, sut rencontrer l'originalité et l'élégance dans l'excès de la simplicité ; un pont de trente et un mètres d'ouverture fut construit en matériaux bruts, sans pierre de taille ni moellons piqués. A la voûte sphérique recouvrant le réservoir, il accorda sept centimètres seulement d'épaisseur. C'est de quoi l'on n'avait aucun exemple ; et, si nul depuis n'a imité une telle hardiesse sans exciter la crainte et l'étonnement, que dire de celui qui, au début de sa carrière, affronta résolument une aussi périlleuse épreuve, et la fit réussir?

L'ensemble du projet partagea les esprits. Ceux qui, dans Avallon, entendaient les principes de la science créée par Pascal savaient que l'eau, abandonnée à elle-même, remonterait à la hauteur de la source ; mais, dans un dessein aussi simple, ils ne voyaient rien de nouveau, rien d'ingénieux, rien qu'on dût admirer avant l'exécution. Les autres, le plus grand nombre sans doute, sans parler la langue ni comprendre les raisonnement sde la physique, craignaient, sans alléguer de preuves, que l'eau n'atteignît pas le réservoir préparé pour elle. Tous désiraient le succès, mais, s'il avait manqué, le plaisir d'avoir prédit juste aurait adouci plus d'un regret. Confiant dans la justesse de ses mesures, Belgrand laissait dire. Vingt ans après cependant, il l'a avoué, les soixante mille mètres cubes d'eau de la Vanne, attendus à Paris, le 2 août 1865, lui ont causé moins de souci et apporté moins de joie, car l'eau arriva abondante et limpide et la méfiance fit place à des louanges bruyantes et sincères. Sur le bruit de cet heureux succès, la petite ville de Saint-Laurent, dans le Jura, embarrassée par le problème de ses eaux, chargea Belgrand de le résoudre. Après Saint-Laurent devaient venir Castelnaudary, puis Rouen, Amiens, Senlis et Rennes qui, successivement, sollicitèrent ses conseils; mais Belgrand occupait alors une haute position officielle, et ces grandes villes n'eurent à le découvrir aucun mérite et aucune peine. La flatteuse confiance de la petite ville de Saint-Laurent, pour un modeste ingénieur ordinaire, était justifiée par un premier succès : elle fut récompensée par un second. Belgrand étudia les projets proposés, améliora le meilleur, et, sans ménager ni son temps ni sa peine, mit avec désintéressement, au service de cette commune inconnue et lointaine, sa jeune expérience et son profond savoir.

Vingt ans après, parmi les préoccupations et les fatigues d'une grande administration dont il était l'âme, Belgrand avait oublié la modeste distribution d'eau de Saint-Laurent, quand un chef-d'œuvre de l'industrie franc-comtoise vint la lui rappeler. On lisait sur le cadran d'un régulateur destiné à l'Exposition de 1867 : *A M. Belgrand la commune de Saint-Laurent reconnaissante*. Une œuvre excellente, dont la commune était fière, avait reporté vers Belgrand les souvenirs de son conseil municipal, et l'excellent ingénieur, justement ému d'une reconnaissance aussi durable, ne se plaignit pas qu'elle fût tardive.

Le succès d'Avallon fut suivi, je n'ose dire récompensé, par le grade d'ingénieur en chef et la nomination de Belgrand à la résidence de Paris. Un parent, alors fort en crédit, qui connaissait son mérite, vint ajouter spontanément un appui, qu'il ne demandait pas, au souvenir de quinze années d'excellents services. Ceux qui, d'eux-mêmes, n'auraient pas songé à l'appeler, sachant de quelle confiance il était digne, accordèrent de bonne grâce une faveur, accueillie comme un acte de justice, et citée plus d'une fois depuis comme une preuve de perspicacité.

Quoique chargé d'abord du service de la navigation au-dessous de Paris, Belgrand sut se réserver, pendant ses rares loisirs, le temps d'étudier le problème de la distribution des eaux ; appelé à titre officieux à éclairer l'administration, il fit triompher ses principes en préparant les voies nouvelles dont l'exécution lui fut confiée.

Sans faire le récit des lents progrès du service de nos eaux, nous devons y jeter un rapide coup d'œil.

En 1754, un écrivain érudit, Bonnamy, historiographe et bibliothécaire de la ville de Paris, en comparant le présent au passé, trouvait le service des eaux irréprochable.

Les fontaines publiques alors et les rares concessions accordées débitaient à peine deux litres par jour pour chaque habitant; des milliers de porteurs d'eau, il est vrai, parcouraient la ville, livrant au premier signe, au prix de deux sols la voie, leur marchandise, souvent puisée dans la Seine ; trente mille puits, enfin, fournissaient une eau détestable que, par un préjugé inexplicable, les Parisiens préféraient souvent à toute autre. On a exagéré en nommant un tel temps le temps de la soif; le comble de la misère n'était pas alors de manquer d'eau, mais d'en boire. Pour achever par un dernier trait le tableau d'une extrême détresse, Voltaire nous montre son pauvre diable

Buvant de l'eau dans un vieux pot à bière.

Il n'était pas besoin d'insister alors sur la qualité de cette eau.

Les aqueducs de Belleville et des Prés-Saint-Gervais, imitation amoindrie des aqueducs romains, auraient pu imposer aux fontaines qu'ils alimentaient le nom commun de Maubuée, mauvaise lessive, donné à l'une d'elles. Les échevins, au XVIe siècle, croyaient cette eau préférable à celle de la Seine. Ils se trompaient; elle contient, en réalité, dix fois plus de matières étrangères. L'eau d'Arcueil, agréable à boire, était chargée aussi de sels nuisibles dans plus d'un cas, et l'eau de Seine, la plus pure de toutes, recevait sans en être souillée, on l'affirmait de bonne foi, les déjections les plus répugnantes d'une ville de sept cent mille âmes. L'accoutumance rendait cela tolérable, indifférent pour mieux dire ; l'eau filtrée était limpide, on la quittait du reste en renvoyant les moyens de mieux faire à un autre temps.

Lorsque Deparcieux, membre de l'Académie des sciences, proposa de donner aux Parisiens l'eau qui leur manquait, en les sauvant, comme l'a dit Voltaire, de l'opprobre et du ridicule d'entendre toujours crier à l'eau, Parmentier, académicien comme lui, n'en fut pas d'avis : une si grande dépense l'effrayait. Moins sensible au ridicule que Voltaire, le cri des porteurs d'eau n'a rien qui l'humilie ou le choque, et, prenant à la lettre le conseil du sage, il veut qu'on s'abstienne des eaux étrangères. Préoccupé surtout de l'honneur de la Seine, il s'indigne, dans un style prétentieusement familier, qu'on ose diffamer un fleuve qu'il admire et que chacun devrait respecter.

« L'ingratitude, ce vice malheureusement trop com-
« mun, écrit Parmentier, n'épargne pas même les aliments
« et les boissons. Quoiqu'une longue expérience prononce
« journellement depuis des siècles en faveur de la salu-
« brité des eaux de la Seine, quoique cette rivière ait le
« privilège d'arroser une des plus grandes et des plus
« riantes villes de l'Europe, qu'elle fournisse à ses habi-
« tants une eau capable d'apaiser agréablement la soif,
« sans que l'estomac de cette multitude d'hommes qui
« occupent le premier rang dans l'empire des lettres et
« des sciences en soit incommodé, sans que le teint et la

« fraîcheur des plus aimables et des plus jolies femmes de « France éprouve la moindre altération par les usages « sans nombre auxquels elles l'emploient... cependant, « malgré cette foule de privilèges incessants, l'eau de « Seine n'a pu se dérober aux traits malins de la méchan- « ceté et de la calomnie; peut-être même ceux qu'elle « comble tous les jours de ses bienfaits, peut-être ceux « qui lui sont redevables de leur appétit, de leur embon- « point et de leur constitution vigoureuse, sont-ils aujour- « d'hui ses plus redoutables ennemis. »

Parmentier prévoit les objections, et y répond d'une étrange sorte :

« Supposez, dit-il, qu'un chien pourri soit jeté à la rivière et qu'on puise de l'eau à une très petite distance de l'animal, comme à trois ou quatre pouces, soit devant, soit derrière ou à côté; eh bien! il est certain que l'eau n'en sera pas plus malsaine. »

Cette assertion, exacte ou non, ne s'impose pas par son évidence, et Cuvier, dans l'éloge de Parmentier, a montré une bienveillance un peu trop académiqne en le louant d'avoir rassuré les Parisiens sur la salubrité de l'eau de Seine.

Pour recommander la pomme de terre, il fut heureusement plus persuasif.

Ceux qui, par respect pour la Seine, voulaient croire à la pureté de ses eaux, auraient dû demeurer d'accord sur l'utilité d'y puiser abondamment; mais ce projet, très froidement accueilli, soulevait, pourrait-on le croire? une opposition opiniâtre. Deux mécaniciens éminents, les frères Perrier, devançant des besoins qu'alors on n'éprouvait guère, avaient cru faire une œuvre profitable et méritoire en appliquant la machine à vapeur, qu'ils faisaient alors paraître en France pour la première fois, à l'élévation de l'eau de la Seine. Les actions d'une compagnie formée pour la distribuer et la vendre devinrent une occasion d'agiotage et un moyen de jeu; à un enthousiasme excessif et intéressé, on répondit par d'injustes attaques. Mirabeau se déclara contre la nouvelle entreprise. Il n'entendait rien à la question, a écrit Belgrand, qui la connaissait mieux que personne. Le futur tribun n'en mit pas avec moins de hauteur sa véhémence infatigable et l'autorité de son nom déjà redouté au service de ceux qui, se fiant à la raison, comme il le dit avec une cynique franchise, avaient vendu des actions sans en avoir. Le succès de la compagnie est pour eux une déception et une ruine. Mirabeau affecte de s'en indigner : on ne doit pas songer, suivant lui, à nettoyer les rues avec de l'eau, car elle irait salir la Seine; il faut laisser cet office aux balayeurs, et la compagnie n'a rien à faire pour le public. Quant aux particuliers, espérez-vous, dit-il aux frères Perrier, vendre de l'eau à une population qui n'en a que faire? Quelle illusion ou quel charlatanisme! Compte-t-on par hasard sur la multitude d'étrangers qui se succèdent à Paris? Ils n'y viennent pas pour boire de l'eau! Les objections n'ont rien qui l'embarrasse : si les Anglais et les Hollandais emploient beaucoup d'eau, c'est pour combattre l'humidité. Mirabeau le déclare en ces termes : « Chez eux les dégâts de la malpropreté sont rapides par la fermentation de l'humidité; de là vient que dans ces pays toutes les classes ont le goût de la propreté : on ne l'a pas en

France! » ...« S'il nous prenait d'ailleurs le goût d'inonder nos maisons, les lavages se feraient avec de l'eau de pluie. »

Tel est le style du pamphlet dont l'enflure cache mal, révèle pour parler mieux, le regret de Mirabeau aux cent mille écus perdus par un ami qui le touche de près.

Beaumarchais cependant spéculait à la hausse et mettait son esprit, comme Mirabeau son éloquence, au service de ses intérêts. Dans un style moins élevé, mais plus habile peut-être, il prend en main la défense de la Compagnie en relevant avec ironie l'exagération et l'emphase du pamphlet auquel il répond. Piqué par une attaque, Mirabeau ne gardait aucune mesure. Il laissa sa colère éclater en injures : « De quoi se mêle, dit-il, le médiocre auteur « d'une mauvaise comédie, qui a changé le Théâtre-« Français en tréteaux et la scène comique en école de « mauvaises mœurs? Le style barbare et l'ignorance pro-« fonde sont essentiellement son cachet. »

A cette époque, dont on vante l'exquise politesse, cette façon de discuter n'était pas rare : il est juste d'ajouter qu'elle ne l'a été dans aucun temps. L'utile et loyale entreprise dirigée par les frères Perrier fut lentement ruinée; les actionnaires regrettèrent leur argent, et les Parisiens attendirent, avec indifférence il faut l'avouer, l'accomplissement du progrès préparé et promis soixante ans trop tôt.

De nombreux successeurs, moins éloquents que Mirabeau, moins spirituels et moins sensés que Beaumarchais, ont discuté sur les avantages et, qui le croirait? sur les inconvénients d'accroître l'abondance et la pureté des eaux. Il faudrait, a dit Fontenelle, abolir la mémoire de toutes choses, car il n'y a rien au monde qui ne soit le monument de quelque sottise des hommes.

Le décret n'est pas rendu, profitons-en:

Un membre de l'Institut, écrivait vers le commencement de ce siècle : « Ne peut-on pas conjecturer que la « facilité de se procurer de l'eau dans son domicile multi« plie tellement les bains que leur usage descendra jus« qu'à la classe qui pense le moins à cette délicatesse? » Bien différent de Belgrand, qui aspirait à nous rendre les thermes antiques, Petit-Radel ajoute : « On a pu « remarquer que l'époque où l'usage des thermes s'intro« duisit à Rome, fut celle du développement dans son sein « du premier germe de la décadence que le luxe asiatique « y avait apporté. »

Vingt ans après, à une époque dont beaucoup d'entre nous peuvent garder souvenir, un ingénieur célèbre, Girard, sans redouter d'aussi graves conséquences, déclarait irréalisable la distribution de l'eau dans les maisons; les propriétaires doivent, suivant lui, repousser une telle cause d'humidité et de destruction. « Sur qui « compter d'ailleurs, pour signaler et réparer les acci« dents? Sur le portier? Mais, rétribué d'un faible sa« laire, il ne remplit déjà qu'imparfaitement la tâche qui « lui est confiée. Il convient beaucoup mieux aux pro« priétaires que les locataires s'approvisionnent à la voie « et au jour le jour. » Appliquant à l'avenir la statistique du passé, Girard se persuade enfin et ose affirmer, qu'après la canalisation complète des rues de Paris, on trouvera dans la ville et les faubourgs treize cent trente abonnés tout au plus. C'est ainsi que la science, qui ne

3

joue aucun rôle dans la prétendue démonstration, a été et sera encore compromise bien souvent, même par de vrais savants. Les promoteurs de l'amélioration du régime des eaux ont aussi plus d'une fois dépassé le but. Un rapport officiel, par exemple, montre dans une eau fraîche et saine, gratuitement offerte à tous, un spécifique contre l'intempérance. Quand on pourra en effet préférer l'eau au vin, l'ivrognerie deviendra bien rare.

Lorsque les Parisiens voyaient de leurs yeux les immondices se mêler aux eaux de la Seine, on s'efforçait de leur persuader qu'elles ne la souillaient pas, et que le fleuve, en traversant Paris, retenait, avec son nom, la pureté entière de ses eaux. Girard produisait, pour le démontrer, les analyses comparées de deux litres d'eau puisés, l'un au pont d'Austerlitz, à l'entrée du fleuve dans Paris, l'autre au pont de la Concorde, à sa sortie. Quelques milligrammes d'une substance douteuse chimiquement en faisaient toute la différence, et il la déclarait sans importance, toute répugnance que la chimie n'explique pas étant un préjugé.

Belgrand avait ce préjugé. Les égouts, grâce à lui, ont cessé de verser dans la Seine leur flot continu d'infectes ordures ; sans attendre les explications de la chimie, ni consulter la règle des mélanges, il a rejeté leur bouche commune au-dessous de Paris. Cette œuvre d'un détail immense a été conçue par lui et réalisée avec l'économie promise, sans aucun mécompte dans les résultats, sans aucune faute dans l'exécution.

L'eau de Seine, dès lors, devenait digne d'être acceptée, sans répugnance, sur les tables les plus délicates. Que restait-il à faire sinon de la distribuer avec abondance? Belgrand ne s'en contenta pas; il voulait une eau fraîche en été, chaude en hiver. La disposition défavorable des terrains le condamnait à la chercher jusqu'à la limite du bassin de Paris; les sources voisines, en effet, sont chargées de sulfate de chaux, et la géologie, en en révélant la cause, ne laisse pas espérer d'importantes exceptions. Lorsque, pour d'autres villes, de tels travaux ont été entrepris, l'opinion désignait à l'avance la situation des sources, elle n'en indiquait pour Paris aucune qui fût suffisamment abondante. C'est sur la carte que Belgrand entreprit la recherche, et que, pour ainsi parler, il alla à la découverte. Son œil exercé, en parcourant l'une des vallées où ses théories, devenues d'incontestables théorèmes, rendaient le succès probable, y put lire en petits caractères : *moulin de la source;* un tel nom, dans un tel lieu, était une révélation. L'éminent ingénieur, sans sortir de son cabinet, avait découvert la source des belles eaux de la Dhuys.

Tacite raconte qu'au temps de l'empereur Auguste, Rome, effrayée par une inondation, voulut rejeter dans l'Arno quelques-uns des affluents du Tibre : plusieurs villes s'en alarmèrent, celles-ci craignant la sécheresse, celles-là les inondations. Contre Rome on ne plaidait pas, on implorait sa bienveillance. Des orateurs furent envoyés vers elle; empressés à saisir une telle occasion d'éloquence, ils invoquèrent le vœu de la nature, sage dispensatrice des vallées et des fleuves, qui règle tout pour le plus grand bien. Laissez faire la nature, a répété Montaigne, elle connaît mieux ses affaires que nous. Les siennes, soit, mais pas toujours les nôtres. La nature n'a pas créé de villes de deux millions d'âmes, et, pour veiller sur elles, elle attend qu'elles s'aident elles-mêmes; les procédés qu'elle enseigne au sauvage pour nettoyer les abords de sa hutte rendraient rapidement celle du voisin inhabitable.

Les propriétaires des sources choisies par Belgrand ne manquèrent pas de défendre leurs eaux, même inutiles ou nuisibles; plusieurs d'entre eux reçurent des indemnités dont la dixième partie, quelques années plus tôt, aurait été acceptée avec joie; quelques-uns, dit-on, restèrent attristés pendant le reste de leur vie de n'avoir pas demandé dix fois plus encore. De telles questions ne pouvaient embarrasser ni arrêter la puissante et habile administration de la ville de Paris; un Conseil municipal, dont la parcimonie n'était pas le défaut, votait toutes les sommes demandées. Belgrand, fort heureusement, était économe des deniers publics, et son application à réduire les dépenses a épargné à la ville bien des millions.

L'eau doit dans une grande ville être gaspillée sous toutes les formes : telle fut la maxime de Belgrand, telle était celle des Romains qui, poussant à bout l'application, amenaient chaque jour, par neuf aqueducs, plus de mille litres d'eau par habitant. Les eaux du Tibre, grossies par mille ruisseaux lui portant les souillures de la ville, n'étaient acceptées, dit Frontin, que pour les usages les plus vils.

L'abondance des eaux de Paris, sans approcher de la profusion romaine, s'est accrue sous la direction de Belgrand, aussi bien que leur pureté. En 1802, la distribution quotidienne aux fontaines publiques était, suivant le directeur des eaux, de quatre mille mètres cubes : elle avait doublé en 1806. A cette époque, et vingt ans après encore, on comptait sur la pluie pour le lavage des rues. Le canal de l'Ourcq amena cent soixante mille mètres cubes environ, mais ses eaux ont servi à la navigation, et les Parisiens, par une répugnance invincible, les ont toujours éloignées de la consommation domestique : la hauteur des prises ne permettrait d'ailleurs de les utiliser que dans certains points de la ville et aux étages inférieurs des maisons.

Le volume des eaux de source dont Belgrand a doté la capitale pourra être porté, au moyen de quelques travaux supplémentaires, à cent quarante mille mètres cubes par jour, soit soixante-dix litres par habitant. Le volume total de l'eau disponible, réalisé pendant certains jours de l'Exposition universelle en 1878, a été de trois cent soixante-dix mille mètres cubes ; mais ce maximum, pendant les années de sécheresse, peut s'abaisser à trois cent mille. Nous recevons, par habitant, trois fois moins environ que les anciens Romains, mais cent fois plus, au moins, que les Parisiens du XVIIIe siècle.

L'œuvre la plus grandiose de Belgrand, entièrement cachée aux regards, devait mériter la reconnaissance, en se dérobant à l'admiration. Nous ne décrirons ni la disposition savante et simple de l'ensemble, ni la propreté imprévue des détails. Aristote a dit : « Il ne faut pas demander à une tragédie toute sorte de plaisirs, mais seulement celui qui lui est propre. » La maxime est générale. Le charme d'une promenade en bateau, au milieu d'immondices largement étendues d'eau, n'est pas de nature à se renouveler par le récit qu'on en peut faire. C'est à l'entrée de cette œuvre colossale que la cité reconnaissante devrait inscrire le nom et placer l'image de Belgrand; laissons l'intérieur à sa destination.

A deux lieues de Paris quand on suit le cours de la Seine, à un kilomètre seulement quand on se dirige en ligne droite, l'égout collecteur, réunissant les eaux pluviales et ménagères, déverse chaque jour 200,000 mètres cubes d'un liquide infect et noirâtre : la Seine les reçoit et les porte à la mer.

S'il est indifférent pour les riverains éloignés que les ordures charriées par la Seine viennent de Paris ou d'Asnières, l'introduction subite de l'impur affluent cause à la population voisine un intolérable préjudice. Le mal n'est pas sans remède. Nos ingénieurs, en profitant, comme c'était leur devoir, des études et des essais faits en Angleterre, en Italie et en Suisse, ont adopté une solution admirable par le principe, et, malgré plus d'une résistance, triomphante par les résultats. Cette masse infecte où les poissons, qui ne s'y aventurent plus, rencontreraient rapidement la mort, peut vivifier et féconder le sol. Distribuée avec modération, elle peut, sans traitement préalable ni préparation d'aucune sorte, procurer, comme à Édimbourg depuis deux siècles, et à Milan depuis un temps double au moins, à des sables toujours arides, une fécondité incessamment renouvelée. Quelques tâtonnements, méthodiquement dirigés, ont assuré le succès. Sur les vastes terrains de la plaine de Gennevilliers, la production, sous cette influence, a déjà plus que décuplé.

Belgrand avait accueilli l'idée nouvelle avec une grande

défiance. Un de ses collaborateurs, M. Mille, réclama la direction et la responsabilité des essais; il doit en conserver tout l'honneur, que Belgrand lui-même a pris loyalement le soin de relever. Converti par le succès de son ami, il accepta, après quelques années d'épreuve, la direction du service de Gennevilliers, parce qu'en son âme et conscience, après avoir douté du succès, écrit-il dans un rapport officiel, il avait vu et jugé les résultats obtenus.

Tel était Belgrand, tel il fut toujours; toujours docile aux leçons de l'expérience, toujours respecté pour sa justice, toujours aimé pour sa bonté. On le ferait très mal connaître en ajoutant qu'il était modeste, plus mal encore en laissant croire qu'il ne l'était pas. Son jugement était vif et prompt; il en avait maintes fois éprouvé la rectitude et avait en lui la même confiance qu'en ses plus habiles collaborateurs. S'il ajoutait en sa faveur un léger poids dans la balance, c'est que, tout en comptant sur le zèle des autres, il était absolument sûr de faire de son mieux: cela justifie la préférence.

Un très savant ingénieur, alors au début de sa carrière, dirigeait sous les ordres de Belgrand la construction d'une galerie souterraine; il essaya, par une légère innovation, de donner plus d'élégance à un profil. L'œil exercé de Belgrand, en révélant à son expérience un accroissement de dépense dans le présent, aperçut pour l'avenir de fréquentes réparations. Dès la première visite, il ordonna l'abandon d'une expérience trop hasardeuse, en ajoutant du ton le plus simple : « Si le dessin vient de moi, je me suis complètement trompé; cela arrive à tout le monde. » Et il n'en reparla plus.

Quelles que fussent ses occupations et ses devoirs, jamais, pour excuser un retard, il n'allégua le manque de temps : toute autre excuse lui eût semblé préférable ; mais il s'arrangeait pour n'avoir pas besoin d'excuse.

Il ne m'est pas permis de le prendre en cela pour modèle. Dans le rapide tableau de l'œuvre de Belgrand, j'ai dû laisser de nombreuses lacunes. Que de points oubliés dans l'histoire de ses constructions, si économiques et si durables! Combien de pages excellentes dans ses études géologiques! A peine ai-je pu dire que, curieux du passé, Belgrand a étudié en archéologue les anciennes conduites d'eau, discuté en érudit les archives qui s'y rattachent, et consacré ses rares loisirs à perpétuer le souvenir de ces vieilles choses. L'analyse complète de ces grands travaux sera faite de bonne main : le corps des ponts et chaussées, respectueux comme nous pour ses morts illustres, et soigneux de transformer en leçons pour l'avenir le témoignage intelligent et fidèle du passé, proposera prochainement dans les Annales des ponts et chaussées, comme un exemple pour tous les ingénieurs, l'histoire de cette vie laborieuse et utile.

Belgrand a dirigé vers un même but tous ses talents et toute sa science. La Seine et son bassin, théâtre constant de ses travaux, ont fait l'unité de son œuvre, si variée cependant et si vaste.

La Seine n'a pas été, dans tous les temps, le modeste cours d'eau qui n'occuperait pas le dixième rang parmi les affluents des grands fleuves de l'Asie ou de l'Amérique. Ses eaux ont reflété des climats bien divers, abreuvé des monstres inconnus de nos jours, et n'ont pas fourni elles-mêmes le spectacle le moins variable dans ces lentes révolutions de la nature. Les graviers qu'elles entraînent, les limons qu'elles déposent, restent comme témoignages du passé, et les sablières, dans l'enchevêtrement de leurs lignes confuses et tourmentées, racontent en un langage souvent obscur, mais presque toujours déchiffrable, la longue histoire du fleuve qui les a formées.

La tâche est ardue cependant; plusieurs s'y sont appliqués avec persévérance, sans réussir à se mettre d'accord. Le fleuve, plus capricieux que la mer, n'obéit pas comme elle, dans ses dépôts successifs, à une loi régulière et constante ; il défait et recommence souvent son œuvre, et, comme Catulle brouillant les comptes aux pieds de Lesbie, semble vouloir cacher le nombre de ses crues en effaçant, en dispersant, en obscurcissant tout au moins les caractères qu'il a tracés.

Belgrand avait mis en lumière les lois qui relient les allures et les caprices apparents des rivières actuelles à la nature du sol et à la clémence des cieux; il osa les appliquer aux phénomènes anciens, et, avec une sûreté de méthode, une abondance de preuves qui, sans forcer toutes les convictions, rend la contradiction difficile, leur demander l'histoire du bassin de la Seine pendant la période quaternaire.

Lorsque la mer, au fond de laquelle se déposaient les bancs de nos carrières et les sables de nos coteaux, s'éloigna définitivement de nos parages, nulle esquisse de leur relief actuel n'existait encore. Ce fut seulement après une longue période obscure et sans histoire qu'un violent cataclysme vint transformer le sol et créer la vallée de la Seine.

Un grand lac, peut-être une grande mer, furent jetés hors de leur lit par les bouleversements dont les Alpes étaient le théâtre, et un flot torrentiel d'une puissance inouïe, courant les plateaux de la Champagne et de la Beauce, les sillonnant de rides profondes, renversant les obstacles sans se laisser dévier par eux, alla s'écouler dans la mer du Nord.

Quand les eaux boueuses, en modérant leur vitesse, eurent déposé leurs limons sur les hauts plateaux, puis se furent confinées dans les sillons creusés par elles, le système de nos cours d'eau était ébauché et la voie aux eaux fluviales frayée pour l'avenir. Des pluies procurées par ce déluge ruisselèrent incessamment sur le sol limoneux et stérile, et la Seine roula paisiblement, dans un lit faiblement incliné vers la mer, un volume d'eau trente fois plus considérable que celui de nos plus fortes crues. Large de deux kilomètres à la hauteur de Corbeil, de six à celle de Paris, elle baignait dans son cours majestueux les coteaux de Montreuil et de Bicêtre, de Marly et de Montmorency; les hauteurs de Passy et de Montmartre formaient deux petites îles en plein courant, et, tour à tour inondée par les eaux de la Seine et par celles de la Marne, la plaine Saint-Denis était un vaste marais.

La vie, interrompue ou refoulée un instant, vint bientôt renouveler dans les forêts et les plaines la faune dispersée ou détruite. Auprès des mammouths, dont l'éléphant actuel n'offre qu'une image affaiblie et dégénérée, se rencontraient les rhinocéros, les tigres et les hyènes; des cerfs énormes, des élans rapides se dérobaient à leur poursuite, le renne et la marmotte se multipliaient rapidement, et les hippopotames remontaient la Seine jusqu'en Bourgogne; l'homme, enfin, prit sa place au milieu de ce bizarre mélange d'espèces aujourd'hui éteintes ou refoulées dans les climats les plus divers. Auprès de leurs ossements, on retrouve, sur les anciens bords du fleuve, les traces indéniables des ateliers primitifs où nos ancêtres venaient préparer des haches et des couteaux de silex pour se défendre contre leurs redoutables voisins.

Bien des siècles nous séparent de cette période. Sans essayer d'en fixer le nombre, Belgrand nous fait parcourir la succession des phénomènes qui l'ont suivie. Le sol s'est élevé de quarante mètres, la Seine y a lentement creusé son lit et dessiné de nombreux méandres, le climat s'est adouci, les pluies sont devenues moins abondantes et plus rares, le fleuve a remblayé avec des graviers ou de la tourbe son lit, devenu trop large; les grands mammifères ont émigré, quelques-uns ont disparu du globe, et quand notre faune actuelle leur a succédé, quand les premiers animaux domestiques se sont fixés sur notre planète, il faut encore traverser tout l'âge de la pierre polie et celui du bronze pour que les traditions les plus lointaines et les plus vagues fassent succéder à l'histoire des variations du sol celle de la civilisation humaine.

Guidée par la contemplation du bassin de la Seine, la pensée de Belgrand, s'élevant plus haut encore, osait sonder parfois les mystères du passé. Des théories naissaient dans son esprit : il en faisait volontiers confidence à ses amis, écoutait leurs objections, mais sans les discuter longtemps, car il n'a jamais connu de longs loisirs, et il disait à peu près comme Candide : « Tout cela est bien pensé et bien dit; mais il faut préparer et surveiller nos travaux. »

Belgrand mourut le 7 mars 1878, actif encore la veille et ardent au travail, toujours dévoué et toujours prêt. Son organisation athlétique avait résisté aux tristesses, aux fatigues et aux cruelles inquiétudes de l'année 1870. Pendant l'anarchie de la Commune, il maintint ses ouvriers dans le devoir et mérita un ordre d'arrestation. Prévenu à temps, il organisa une inspection souterraine, et, par des voies connues où il ne pouvait rencontrer que dévouement et respect, il gagna facilement la campagne : le lendemain, il était en sûreté à Avallon.

L'Académie des sciences l'avait élu académicien libre le 28 août 1871, en remplacement de M. Duméril. Un nom honoré dans le corps des Ponts et chaussées par le retentissement de grands et utiles travaux, un esprit étendu et solide, toujours curieux des principes, toujours prêt pour l'application, rehaussé, non caché, par une bonté tranquille et modeste, avaient justifié la retraite de ses concurrents et l'unanimité de vos suffrages.

Paris. — Typographie de Firmin-Didot, imprimeur de l'Institut, 56, rue Jacob. — 9224.

www.ingramcontent.com/pod-product-compliance
Ingram Content Group UK Ltd.
Pitfield, Milton Keynes, MK11 3LW, UK
UKHW032027260826
14628UKWH00006B/2784

9 782014 089776